モーロク日和

坪内稔典

モーロク日和

目 次

春 あんパンの食べ方 5

夏 軽井沢する 20

春

あんパンの食べ方

ぶらんこの恋

公園で高校生のカップルがブランコに乗っていた。ふといたずら心がきざして、すぐ隣のブランコに私は乗った。「時給？　九百円だよ。こんど、映画代おごるよ」と男子高校生。アルバイトの話をしていた。私は大きく立ちこぎした。男子生徒がまた言った。「危ないですよ。座ってください」。私に向かって言ったのである。「ありがとう」。私は素直に従って、座り直して数回こぎ、「じゃ、さようなら」とその場を離れた。

高校生のころ、「不純異性交友」という言葉があった。生徒手帳に禁止事項として載っており、たとえば公園で男女がブランコに乗るのがそれに相当した。保護者抜きに二人で映画館に入るのも不純異性交友だった。

不純異性交友が発覚すると始末書を書かされた。二度としない、と覚悟のほどを示したのだが、私は友だちの始末書を請け負って何枚も書いた。

書くのが上手、と友だちに見なされていたのだ。始末書の書き方がまずいと、呼び出されてきびしく叱責され、時には停学処分を受けた。

それにしても、不純異性交友とは奇妙な言葉だった。異性と性にかかわるような付き合いをしてはいけない、というのだが、男女の付き合いは、たとえ高校生でも性にかかわるのはごく自然、それを不純と見る方がむしろ不自然だろう。現代の流行語に近い「不倫」も変かもしれない。不倫を言い立てる風潮には、その根っこに不純異性交友をとがめた気分と同じものがある?

「鞦韆は漕ぐべし愛は奪ふべし」は三橋鷹女の俳句である。鞦韆はシュウセン、フラココ、ブランコなどと読む。要するにブランコのことだが、ブランコを大きくこいで「愛は奪ふべし」と決意するこの俳句の主人公はすてき。ちなみに、ブランコは春の季語だ。

嫌いな老人

天野忠に、「わたしは老人が好きだ。老人は早く死ぬから。」と始まる詩（「疑問」）がある。続く第二連は「私は老人が嫌いだ。老人は物判りがおそいから。」

物判りがおそいのは老人に限らない。若い子にも結構物判りの悪いのがいる。ともあれ、私にも嫌いなタイプの老人がある。

まず、横柄な老人。態度が大きく、偉くもないのに偉そうにしている老人だ。先日、コンビニでパック入りのジュースを買った老人は、支払いが終わると、オイという顔をして貼り付いているストローを指さした。レジの若い子は、黙ってそれをはがし、穴にストローを装着した。老人、礼も言わない。こんな老人は大嫌いだ。こういう人は顔に品がない。生きてきた歳月がいやしい顔を作っている。

次には汚い老人。身なり、しぐさ、しゃべりかたなどが汚い老人は嫌いだ。私だって、ものをこぼすし、濡れた手をズボンでふいたりしてかなり汚いのだが、私の思っている汚い老人は、ズボンをだらりとさげ、靴は泥にまみれ、カバンはくしゃくしゃで口を開けている。清貧という古い言葉があるが、老人は清潔であるべきだ。できれば心身の端正な老人でありたい。

嫌いなタイプの三つめは、人生観を説く説教くさい老人。人間、努力が大事だよと若い人に向かって教えたり、日本の今の政治家は云々と高説を垂れる老人はたいていみっともない。その人に格別の努力の跡があるとは思えないし、そこらの政治家よりもはるかに劣っているとしか見えない。

まだあるのだが、もうやめよう。なんだか自虐的な気分になってきた。つまり、私自身がときに横柄、ある日はふしだらになり、知らず知らずのうちに説教を垂れているのだ。ああ。

あんパンの食べ方

あんパンが好きである。結婚したころから、つまり朝ごはんをちゃんと食べるようになったころから、朝はあんパンと決めてきた。来る日も来る日も、五十年以上、朝はあんパンを食べてきたのだ。

もちろん、食べない朝もたまにある。旅に出た折、病気で入院した際など。近年は妻が買い忘れることもある。数年前、私はガンのために胃の大半を切除したが、それ以来、妻は意図的に買い忘れている気がする。甘いものの食べ過ぎ、糖分のとり過ぎを警戒しているらしい。

妻の配慮はありがたいが、あんパンの顔を見ない日が、二、三日続くととてもさびしい。本棚からやなせたかしのアンパンマンの本を抜き出して気を紛らわせるが、でも、ないはずの我が胃がきゅんと鳴ってあんパンを呼ぶ。

それで、近所のパン屋へでかける。あるいはコンビニへ行ってあんパンを買う。ついでに公園などに寄り道して買ったあんパンを食べるのだ。その食べ方、かなりむつかしい。こそこそと食べると、徘徊老人が食べていると思われかねない。あるいは、老人のわびしい食事と見られるかもしれない。

豊かで、ややぜいたくな感じ、そのような食べ方をしないとあんパンに悪い。とすると、身なりをきちんとして、早春を満喫している感じで食べなくてはならない。そのためには、菜の花のそばとか芽を出したチューリップのかたわらに腰をおろす。そして、ゆったりと早春を楽しむポーズの老人になってあんパンを食べる。

ちなみに、この春から、私の住む市内のすべてのパン屋を回ってあんパンを食べるつもり。散歩を兼ねたこのあんパンめぐりは私の新しい道楽になるだろう。

読書会

　未知の人から手紙が来た。私の本『ヒマ道楽』（岩波書店）を読書会で読んだという報告だった。十名ほどの女性がお茶を飲みながらそれぞれに感想を述べ合って和気あいあい、愉快な読書会だった、という。

　そういえば、私などは読書会育ちである。大学生時代は学生寮にいたが、寮生どうしでいろんな読書会があった。マルクス、言語論、漱石などの読書会だ。卒業してからも友人と正岡子規を読んだし、芭蕉や蕪村などとは俳句仲間との読書会で親しんだ。

　実はこの春からは漱石の「虞美人草」を京都の女性だけの俳句グループで読み始めた。句会の前に小一時間、みんなで読むのだ。

「虞美人草」は今年生誕百五十年を迎えた漱石が、プロの小説家として書いた第一作目。それだけに力が入っていて、文飾過剰という感じがある。

むつかしい言葉が多用されている。

それで、読書会のテキストに「虞美人草」を選んだとき、会のメンバーは少し不安そうだった。むつかしすぎる、と思ったのである。でも、順番に声に出して読むと、不安はたちまち消えたようだった。「随分遠いね。元来どこから登るのだ」。これがこの小説の始まりだが、二人の男は無駄口を叩きながら比叡山に登る。音読する、つまり二人の会話を再現すると、無駄口の楽しさを実感できたらしい。

というわけで、約二十名からなる読書会が順調に始まった。私は司会進行係だが、思いがけない意見や感想がメンバーから出るとうれしい。というか、それが読書会の醍醐味だ。わいわいと意見を言い合って、時には衝突して気まずくなったりして、でも、互いになんとなく啓発される。

そんな読書会は、もしかしたら中高年に合っているかも。わいわいが楽しい。

万年筆の暮らし

「わらび　うど　ふき　すかんぽ　肉類よりもこんなものの方がおいしいです」。

友への手紙に右のように書いたのは小説家の梶井基次郎。一九〇一年に生まれ、「檸檬」「桜の樹の下には」「交尾」などの名作を残した梶井は、一九三二年に他界した。引用した手紙は、一九二七年のもの、当時の彼は伊豆半島の湯ヶ島で療養していた。結核だった。

梶井はたくさんの手紙を書いた。彼の三巻からなる全集の一冊は書簡集、つまり手紙やはがきを集めたものだ。その手紙類は、時に単なる通信の域を超え、彼の思考や感性の現場になった。また、文学的作品にもなった。

今日、手紙やはがきはすたれている。メールや電話が跋扈しているのだが、二年前、私は万年筆を新調した。やや太字のその万年筆で手紙を書こうと思ったのだ。たとえばカフェに腰をおろし、ゆったりした気分で手紙を書く。それを退職後の暮らしの基調にしたいと考えたのである。

ところが、数本の手紙を書いたきり。退職後の二年間はあわただしく過ぎてしまった。それでこのたび、深く反省して、放置していた万年筆を取り出した。切手やはがきもたくさん用意した。万年筆で手紙を書く暮らしを再開するのだ。

「御地の酒、貴兄と一緒に登ったあの山の気配でした。峠の山桜、見ごろでしょうか」。酒をくれた友人に私はさっそく右のように書いた。さて、うまく万年筆の暮らし、うまくゆくだろうか。

両人対酌

すぐ顔が赤くなる。ビールでも日本酒でも一口飲んだだけでぽっぽとして、赤い顔になる。

さらに飲むと、てのひらは言うまでもなく、首も胸も、そして腹まで赤くなり、全身がぽっぽとする。

仲間といっしょに飲んでいると、いち早く自分だけが仕上がった感じになるので、ややみっともないが、でも酒席はきらいではない。口も頭もすこし軽くなる感じが好きだ。

「両人対酌すれば山花(さんか)開く／一杯一杯復(ま)た一杯」

右は李白の詩。二人で向き合って飲んでいると、窓の外の山ではちょうど花が咲きだした。一杯また一杯と酒がすすむ。いいなあ、この光景！

日本の詩歌にも李白の漢詩によく似たものがある。若山牧水の次の短歌

だ。
「かんがへて飲みはじめたる一合の二合の酒の夏のゆふぐれ」。今日はあまり飲まないでおこうとか思って飲み始めたら、いつのまにか、一合が二合になっていた。そして、二合が三合に、と酒がすすむ。いい夕暮れだ。肴はカツオのたたきとか冷ややっこ？

このところ、私はヒヤマさん（妻）と対酌することが多い。彼女、近年になって酒に目覚めたというか、酒があれば夕飯が楽しい、と言いだした。飲んでも顔にでない。私が赤い顔になると、それぐらいでどうして赤くなれるの、と不審がるというか揶揄する。

というわけで、わが家の夕暮れ時は今や両人対酌の時間。「酒のんで漂流物になって春」は私の俳句だ。

李白的快感

「両人対酌すれば山花開く／一杯一杯復た一杯」。前回はこの李白の詩を話題にしたが、この詩（五言絶句）には後半がある。

「我酔うて眠らんと欲す　卿且く去れ／明朝意あらば　琴を抱いて来たれ」。私はもう酔うて眠い。君はこのあたりでいったん帰れ。もし明日の朝もう一回会いたいと思ったら、琴を抱えておいで。以上のような意味だろう。

李白の時代の風流な男たちは琴の演奏を楽しんだ。酒と詩と琴、これは三友と呼ばれ、風流の代名詞だった。現代の私たちも、たとえば句会の後では酒を飲み、そしてジャズを聴いて楽しんだりする。ときにはカラオケで陶然ということもある。三友は今なお健在なのかもしれない。

それはともかく、このごろ、もう眠くなった、帰るよ、と告げて酒席を立つことが平気になった。しばらく前までは気がねしていた。中座すると悪い、という気分だった。だが、今ではむしろ、中座こそが老人の美徳、と思っている。

実は、李白の詩の「我酔うて眠らんと欲す」云々は陶淵明(とうえんめい)の詩の言葉をそのまま取り込んだもの。陶淵明は李白に比肩する酒好きの大詩人だった。彼らにならえば、中座は気兼ねするに及ばない。むしろ、酔うて眠くなった、と率直に言うことが、酒を愛する詩人の真骨頂なのだ。

私の場合、酒は二合くらいが限度。酒を愛するとはとうてい言えない。でも、ぱっと立ちあがり(実際はよろよろ)、もう酔った、帰るよ、と告げるのは少し快感だ。これ、李白的快感?

夏

軽井沢する

軽井沢する

先日、京都市の女性グループが『ヒマ道楽』（岩波書店）の読書会を開いてくれた。場所は琵琶湖畔のホテルの会議室、窓では新緑がそよいでいた。

約二十名、五十代以上八十代までのメンバーだったが話題が集中したのは「軽井沢する」ということ。

『ヒマ道楽』はこの連載の以前の回、すなわち「モーロクのススメ」を単行本にしたのだが、その中に「軽井沢タイム」という話がある。新緑の小さな庭で軽井沢にいる気分になって朝のひとときを過ごすというもの。

軽井沢するときの机などはどんなものですか、という質問があり、ニトリでカミさんが買ってきた白いテーブルと椅子です、と応じたら、ああ、ニトリ、いいなあ、と意外に受けた。

安いとはいえ、真っ白いデスクとチェアは気分がよい。コーヒーやパンがいつになくよい味になる。座る姿勢も、足を組んだりして軽井沢的になるのだ。話題だっていつもと少し違ってくる。日頃は無口なパートナーが、愛について論じ始めるかも。

というように話が弾み、軽井沢する、という動詞を何人かが使ったので、この動詞、その日の流行語になったのだった。

庭やベランダ、あるいは近所の公園などを軽井沢に来ている気分の空間に変える、それが動詞『軽井沢する』である。

『軽井沢する』はややみみっちいし、人前で口にするのは恥ずかしいかも。でも老人というか、高齢者のいわば特権として「軽井沢する」を使いたい。それがその日の結論だった。

ある日の興奮

時は五月の末の日曜の午後。ところは名古屋の東山動物園カバ舎の前。カバのプールの前は子ども連れでにぎわっている。

今から飼育員によるトークがあるのだ。時間になって現れたのは青いバケツを掲げた女性の飼育員。二十代かと思われ、鼻の頭に汗をうかべている。

彼女はカバについて概略の説明をしたあとで、意外なことを言い出した。「この福子、発情していたのですが、やっとこの時間になって落ち着いてきました」と。目の前にいるのは一九九八年生まれ、当年十九歳の福子である。

飼育員の話によると、前夜から発情していて、隣の部屋にいるオスの重吉が興奮していた。福子しか頭にない感じの興奮ぶりだった。だが、ここでは交尾させない。出産すると子を引き取ってくれるところがない。日本のカバは余り気味なのだ。でも、福子は月に一度発情し、その日は息も絶え絶えになる。そのようすを見て、カバが死にそう、と注進してくれたお客さんがかつていた。

福子は今やっと落ち着いてきて、ほら、このようにエサを食べている。飼育員はそのように語って次々と食パンを口へ投げこむ。なんだか福子の口の動きが緩慢に見える。やや気だるいのであろうか。

私は十年くらい前に日本中のカバを見て回ったが、発情中のカバには出会わなかった。それだけに飼育員の話に感動した。ふと気がつくと、私が観客のど真ん中に突っ立っていた。知らず知らずのうちに私は興奮したらしい。

夏の日陰

緑陰（りょくいん）、木下闇（こしたやみ）、片陰（かたかげ）。これらの言葉が好きである。いずれも夏の季語だ。緑陰はみどりの木かげ。そこにベンチなどがあると腰をおろしたくなる。江戸時代の街道では一里塚のしるしとして榎（えのき）が植えられていた。榎はその字が暗示しているように夏に青葉が豊かに茂る。その樹下はまさに緑陰だった。その緑陰で旅人が休んだのである。

ちなみに、少年時代、榎の青い実を竹鉄砲の弾にした。緑陰で昼寝している祖父の足裏をねらって撃ったことがある。祖父の足はびくっと動いたが目を覚ます気配はなかった。

緑陰に鳥が大きくいる午前

緑陰には二人鉄塔には一人

私の緑陰の句を挙げた。前句は「大きくいる」、後句は二人と一人の対比が作者のねらいだ。というか、そのあたりに作者は工夫をこらしているはず（かなり前の作なので作った当時の気持ちは忘れている）。

木下闇はうっそうと茂った木の下の暗闇だ。緑陰は風が涼しそうだが。木下闇には蚊がいそう。少年時代、木下闇はかくれんぼで隠れる場所だった。

とても天気のよい日の朝のうち、あるいは午後遅くに、建物の濃い陰が通りにできる。それが片陰だ。私はその片陰をたどるように歩くのが好き。

俳句歳時記を見ていたら、「片陰に入りてしばらく世に出でず」（岡本麻子）という句があった。ちょっとした片陰をこの世とは別のユートピアのように感じる、そのような作者の感性に共感する。夏は明るい日ざしが魅力だが、日陰もまた楽しい。

夕空たっぷり

その日、昼間はほぼ雨だった。時折、集中豪雨のようなひどい雨が襲ってきた。それで、小豆島のホテルで早めに夕食をとった。

夕食の終わったころ、沖の雲に夕映えがあった。レストランのテラスに椅子を持ち出し、私は妻といっしょにその夕空に向き合った。雲の流れに応じて夕空は次々と変化した。青空も広がって、青の中を夕焼雲が流れた。宇宙のショーみたい、と妻。

私たちのそばには乳母車を押した若い夫婦、私たちと同世代の夫婦など、いろんな人がやってきて、きれい、きれいと言いながら写真を撮った。何十人もの人が夕空をしばらく見上げてから部屋に消えた。

こんなに長く見たのは初めて、と妻が言ったとき、なんと一時間以上がたっていた。

たしかにこんなに長く夕空を見たのは初めてだった。特別な夕空だったわけではない。ありふれた夏の夕空だったはず。また、特別なことを思ったり話したりしたわけではない。ただ、一種呆然とした感じで、心を夕空へ放っていた。

今までの日々は、何かしなければいけない、という感じだった。ところが、夕空に向き合ったとき、その何かが消えていた。私は雲の一片のようにそこにあった。そこにある、という存在感に満たされていた。

なんだかむつかしい言い方をしたが、要するに、何かしなくちゃ、とは思わなかったのだ。部屋でテレビを見ようとか、本を読まなくちゃ、と思わなかった。

以上のこと、老いた、という単純なことかもしれない。でも、それが老いることだとしたら、老いはなんだかすてきではないか。

枕はアリストテレス

妙な本を買っている。岩波書店刊のアリストテレス全集。数か月に一回、この全集の何巻かが届くのだが、先日、第十五回目の配本があった。「弁論術」と「詩学」がその中身だ。

「弁論術」の中に老人とはこういうものだ、と定義したくだりがある。老人とは「盛りを過ぎた者たち」で、若者と反対の性格を持っている。その性格は、歪んでいる、器量が小さい、臆病、生に執着する、希望を持とうとしない、すぐかっとなる。愚痴っぽく涙もろい。

人生体験のもろもろがこのような性格を老人にもたらしたとアリストテレスは言うが、彼が生きたのは紀元前四世紀だ。そのころから老人は老人、ほとんど変わっていないらしい。なんだかおかしい。

それはそうと、なぜ私が古代ギリシャの哲学者の全集を購入しているの

か。

四年前に胃がんの手術を受けたとき、死を身近に感じた。その感じの中で、今の自分からもっとも遠いものにアクセスしたい、と思った。それで、ちょうど出版が始まったアリストテレスを買うことにした。

読んでもほとんど分からないだろう。読もうとしたらすぐ眠ってしまい、もしかしたら枕になるかも。でもいい。とても遠いものにつながっていたい。

というわけで、高価な、しかも分厚いアリストテレスを買っている。案の定、枕になっているが。

ところで、アリストテレスは、老人は「多分」「おそらく」をよく用い、断言しないとも言っている。「多分だが磯巾着は義理堅い」は私の自信作なのだが、老人らしい句だよ、と彼に言い当てられた感じだ。

故郷の夏

故郷の夏、があった。

若いころ、教員だった私は七月の末に家族と四国へ帰省、盆過ぎまでの約一か月を生家で過ごした。

盆には弟や妹の家族も帰り、二十名くらいが雑魚寝をした。朝から晩までてんやわんや、まるで合宿みたいな日々が私の故郷の夏だった。

民俗学者の柳田国男は、故郷は五十年が行き詰まりだと述べている（『故郷七十年』）たしかにその通りで、故郷を出て五十数年がたった今の私には、故郷はずいぶん遠くなった。たまに帰省しても知り合いがほとんどいなくなった。

故郷に対する感覚が五十年の間にすっかり変化したらしい。雑魚寝などで大騒ぎしたのは今は昔、もはやそれは再体験できないし、実はしたくもない。それでも、心の底に郷愁のようなものがあり、たとえばヒヤマさんは次のように詠んでいる。

　ときどきはみんな集まれ大西瓜（おおすいか）　陽山道子

わが家にしても十年くらい前の夏には十余名が集まったのだ。もう一句、ヒヤマさんの句を引こう。

　青畳たてよこななめ昼寝の子

五人の孫たちが昼寝をしている光景だ。
核家族化、都市化、高齢化、少子化などの社会的変化が、故郷の夏を大きく変えた。その変化にともなって、西瓜だって半分か四分の一を買うようになった。ともあれ、今年もまた盆が来る。久しぶりに大西瓜を丸ごと買おうか。

わくわく

わくわくする。はらはらもする。

窓のガラスに額をつけて空をながめる。ぴかっときてどばっと。近所の給水塔に落ちたらしい。胸がどきどきする。

雷の話である。地震、雷、火事、親父は昔からこわいものの代表だが、ほんとうにこわいものは単にこわいのではない。こわいと同時に、何か魅せられるものがある。わくわくするのだ。

もっとも、雷や火事にわくわくするのは不謹慎かもしれない。それらは大きな被害をもたらすから。でも、不謹慎をとがめるよりも、わくわくを大事にすべき、と私は思っている。

藤沢周平の小説『三屋清左衛門残日録』(文春文庫)に、十歳くらいのとき、今まで見たことのないような稲妻に清左衛門が感動するくだりがある。そのとき、そばに立った母が、きれいな稲光りとつぶやき、「稲はあの光で穂が出来るのですよ。だから稲光りが多い年は豊作だと言います。おぼえておきなさい」と話す。

稲光りは稲妻とも言う。稲は雷の光によって孕む、すなわち実をつける。だから、稲の伴侶は雷の光だと考えられた。ツマは妻とも夫とも書き、稲妻の妻の字は夫の意味だ。

今の時期、雷があばれるのは、実は稲と結婚しているのだ、と想像すると、わくわくするではないか。かつて橋本多佳子という大阪の俳人は、「いなびかり北よりすれば北を見る」と詠んだ。彼女自身がまるで稲のようになって稲光りに反応している。

やればできる

間食をやめて一か月、体重が二キロ減った。野菜を多めにし、脂っこいものを減らした。外で食べるときはいくらか残す。その結果の二キロである。

長く糖尿病の要注意者だったのだが、とりあえず栄養指導を受けてみましょう、と医者に言われた。担当の栄養士は、かつて胃の手術の直後に指導を受けた人だった。その際はうまくいったので、こんどもちゃんとしなくちゃ、という気分になった。

指導に高いハードルがあった。一つは間食の廃止。今まではマンジュウやケーキを日に何度か食べていた。二つ目はあんパン。〈朝はあんパン〉が私の習慣だったが、それを三日に一個にしたのである。

なんと、なんと、むつかしいと思ったそのハードルが簡単にクリアできた。今では、あんなに間食していたのはなぜだろう、と思うくらい。もしかしたら、間食はすべきもの、と思い込んでいたのかも。

というわけで、長年の習慣を変えたことが誇らしい。自分をまだ変えることができる、という実感を得たからか。私は当年七十三歳だが、やればできるのだ、と妙に自信を強くしている。

で、調子に乗って、机の上も変えようとしている。今まで机上はペンなどの文房具がちらばっていた。かねてから整然としたきれいな机上を夢見ていたので、この際、ペンはペンケースに、糊や付箋は定位置に置こうと決めたのだ。朝の内は整然なのだが、昼になると散乱、夕方には騒然。やればできる、なんてものじゃない。

ドアが開いてから

バスを利用して駅に出る。

最近のバスの乗客のマナーは、ドアが開いてから席を立つこと。でも、停留所が近づくと早目に立つ人がいて、「危ないですから座ってください、ドアが開くまで座っていてください」と運転手に注意される。

早目に立つのはたいていが老人だ。立ちあがった老人は、注意をされてあわてて座り直す。

かつて私はバスの車掌をしていた。大学生の夏、アルバイトで信州のバスの車掌をしたのだ。もう五十年も昔の話だが、そのころ、どのバスにも車掌がいて、切符を切ったり、バックするバスを誘導した。次の停留所が近づくと、降りる準備を乗客に促した。乗客は早めに降りる用意をして降り口で待機する、それがマナーだった。

やがてそのうちに、乗合バスはワンマンバスになって車掌がいなくなった。それもバスの大きな変化だったが、乗客は依然として早目に降りる準備をしていた。その習慣が老人には身についている。だから、ドアが開く前に降りる準備をしてしまう。もたもたしていたら他の乗客に迷惑をかける、と思いこんでいるのだ。

バスの降り方の変化にいち早く適応したのは若者たちだった。彼らはドアが開くまで動かない。開いてから出口に近づき、時には両替をしてゆっくり降りる。料金くらいは事前に用意しておけよ、と言いたくなる場合もあるが、それはまさに老人のせっかちというもの。要するに、ドアが開いてから降りる行動を開始する、それが当節のバスのマナーなのである。

とはいうものの、私も依然として早目に降りる用意をしてしまう。立ちはしないのだが、持っている荷物を確認して立つ心の準備をする。ああ、まさに老人だなあ、と苦笑しながら。

私の椅子

すっかり椅子の生活である。家には和室が一つあるが、そこはほぼ物置状態になっている。

俳句の会は、しばらく前まで和室で行なうことが多かったが、いつの間にか椅子席に変わっている。椅子席でないとブーイングが起こる。私は当年七十二歳だが、この年齢になると膝や腰に痛みを抱えている者が多い。だから、椅子はとてもありがたいのだ。

というようなわけで、とても快適な椅子があればいいな、と思っている。夏向きの椅子としてかつては籐椅子があったが、それはわが家にとっては重厚にすぎる。ロッキングチェアも同様だ。これらの椅子には、人がふんぞりかえっている気配があって、どうもなじめない。

食卓の椅子に、ひじ掛けのついたものを一脚だけ買っているが、その椅子でも重すぎてわが家では不評なのである。もちろん、私も買ったのを後悔している。

私が欲しいのは、コンパクトな木製の椅子。すわると安定感があって、心身が一体化するような椅子だ。そんな椅子を想像して、以前に次のような句を作っている。

　十月の木椅子と男がたついて
　木の椅子の木の音がして夜の時雨

椅子は少しくらいがたついてもよい。なにしろ私自身がいつもがたついている人間なのだから。

ヒヤマさんは、そんな椅子を手に入れるにはこまめに家具店を回らなくちゃ、と言う。そうなのだろうが、今のところ、こまめさにかけている。理想の椅子はかなり遠い。

ともあれ、椅子を夢見るだけで、なんだか胸が明るくなるのだ。暑さもしばらく忘れる。さて、私の椅子はどこにあるのだろう。

モーロクの仲間

歩いていて、たとえば道端に鳳仙花（ほうせんか）があると、思わず近づいて実に触れる。種がぱっとはじけるそのさまが快い。

あるいはまた、ねこじゃらしが風にそよいでいたら、そばに腰をおろす。ねこじゃらしに同化していっしょにそよぐのだ。

「がんばるわなんて言うなよ草の花」「行き先はあの道端のねこじゃらし」。これらは私の俳句。季語「草の花」は秋の野山の草の花の総称だが、がんばらないで草の花のように風に気ままに揺れていたい。それがいつからか私の願いになっている。その願い、別の言い方をすれば、モーロクしたいという願いだ。

最近、そのモーロクという言葉を詠みこんだ俳句が出現した。

モーロクのぽんと飛び散る鳳仙花

一九四一年生まれの平きみえさんの句である。鳳仙花の実がはぜる感じ、それはモーロクの現象に似ている、というのだろう。当年七十五の彼女は、五十一歳の折に句作を開始、この六月に最初の句集『父の手』（象の森書）を出した。

秋草のひとつに内緒話して
角二つ曲がっておいで猫じゃらし

『父の手』から引いたが、秋の草と内緒話をする七十五歳のおばあちゃんって素敵ではないか。草や木、そして虫やくだもの、野菜などと話ができるのはモーロクの特権だ。次のねこじゃらしの句は、ねこじゃらしのところまでおいで、と言っているのだろう。ねこじゃらしが言っているのかもしれない。

ともあれ、道端で鳳仙花の実をいじる老人、秋草と内緒話をしているおばあちゃん。そんな人がわがモーロクの仲間だ。

夏が行く

夏が行こうとしている。「私の耳は貝のから／海の響をなつかしむ」これは上田敏の翻訳詩集『月下の一群』にある「耳」。作者はジャン・コクトーだ。晩夏になると私はきまってこの詩を思い出す。

もっとも、近年、私の耳はやや遠くなっており、耳に貝殻を近づけても海の音は聞こえそうもない。いつでも耳鳴りがしていて、耳の中は雑音だらけ。

ちなみに、二十代前後の女性の高い声が特に聞きづらい。二年前に大学を退職したが、退職の数年前からそうであった。それで、女子学生の話を聞くときはさりげなく接近して耳を傾けていた。

セミや虫、小鳥の声もわからないことがしばしば。クマゼミは聞こえるがニイニイゼミはだめ。クサヒバリ、カンタンも聞こえなくなった。高い音に弱い老人性難聴らしい。

この難聴、音楽を聴くときなどにも影響しているはず。私はこの夏、キース・ジャレットのＣＤをよく聞いた。聞いたというより、ＢＧＭのように流して、読書したり原稿を書いたりしたのだが、今年の夏に聞いたキース・ジャレットは、同じＣＤであったとしても、数年前とは違っていたのかもしれない。

私の音の環境は今やモーロクに近づいている、と言ってよいだろう。『月下の一群』を書棚から取り出しているので、アポリネールの「ミラボー橋」の末尾を引こう。「日が去り月が行き／過ぎた時も／昔の恋もふたたびは帰らない／ミラボー橋の下をセーヌ河が流れる」に続く二行だ。

日も暮れよ　鐘も鳴れ
月日は流れ　わたしは残る

確かに私は残っている。そんな今年の晩夏だ。

ささやくくらげ

先日、茨木市の川端康成文学館で句会をした。参加したのは二年生から四年生までの五人の小学生とその保護者。保護者は父、母、祖母。保護者同伴が参加の条件だった。

かき氷みんなで食べて空見よう　三年　海翔（かいと）
かき氷マンゴーマンゴーマンゴーだ　四年　憲吾

右はかき氷を題にした句の話題作。どこがいいのかを子どもどうしで話し合ったが、海翔の句は「空見よう」が。憲吾の句はマンゴーを反復してマンゴーがいっぱい、それがうれしそうなところがよい、と子どもたち。もっとも、かき氷は冷たくて甘いから大嫌いという子もいて、その子はマンゴーの句はあまりにも甘すぎる、と顔をしかめた。

実は、この夏、あちこちで小学生と俳句を作った。七十代の私の言葉が十歳前後の小学生に通じるかどうか。それを試したのだ。私としては、まだ通じると思っていて、通じる間は現役の俳人がつとまる、と考えているのだ。

句会の途中で言葉の話をした。私たちは言葉を通して物を見たり感じたり考えたりしているという話。窓を指さして、「あれが窓と見えるのはどうして?」と尋ねたら、二年生が即座に答えた。「窓という言葉を知ってるから。犬だと窓とは見えないよ」。保護者が一瞬緊張、たちまち全員が笑い顔になった。「言葉って、だからとても大事なんだ」と私は応じたが、もしかしたら蛇足だったか。

くらげさんお空を見ながらささやくよ　　三年　彩夏(あやか)

その日の私の推すベストワンはこの句だ。五七五の言葉で絵を描こう、それがその日の目標だったが、彩夏のこの言葉の絵はいろんな想像をかきたてる。くらげは空へ向かって飛び立つかもしれない。

秋

墓地付属

猿の腰掛の芭蕉

自分用の快適な椅子が欲しい、と八月の初めにこの欄に書いたが、それについて手紙やメールをもらった。

四国の某椅子屋さんを訪ねてみたらどうか。イギリスなどのアンティークな家具を探したらよい。椅子作りはその気になれば簡単、木工教室を紹介しますよ、という意見など。

それぞれありがたく、実行できるものからやってみようと思うが、自分でも気づいたことがあった。

あの松尾芭蕉が椅子を作っていたのだ。しかも、その椅子は、まさに自分用、快適をもたらす場所としての椅子だった。芭蕉は一所不住、旅を日常とした俳人だが、旅のさなかに快適な場所を常に求めていた。

奥の細道の旅を終えた芭蕉は、琵琶湖畔の膳所（ぜぜ）や大津に滞在、門下の俳人たちと作品集『猿蓑』の編集などをした。その『猿蓑』に「幻住庵の記」という俳文（俳句入りの詩的な文章）が収められている。

石山寺の奥の幻住庵に一人で住んだ芭蕉は、そこがとても気にいった。それで、後ろの山に登り、大きな松の木の枝の上を自分の快適な居場所にした。棚のような松の枝に藁で作った座布団を置き、腰を降ろせるようにしたのだ。そこに座ると琵琶湖周辺の眺望が開けた。芭蕉はその居場所を「猿の腰掛」と名づけた。猿の腰掛と呼ぶキノコがあるが、芭蕉の手作りの居場所はそのキノコに似ていたのか。
しかも、彼は申年の生まれ、かねがね猿に親しみを持っていた。

ともあれ、天気のよい日、芭蕉はその猿の腰掛で過ごした。ちなみに、当時の芭蕉は五十歳に近づいており、翁（おう、おきな）と呼ばれて尊敬されていた。

その芭蕉翁が自ら猿の腰掛を作った。まるで少年が自分の秘密基地を作るように。そんな芭蕉が好きだ。

伊賀上野の食堂

若い日の松尾芭蕉は、伊賀上野の藤堂家に奉公していた。仕事は台所方であり、台所の事務などにかかわっていたと思われる。料理人ではなかったようだが、見よう見まねで料理を覚えたに違いない。俳人になってからは一人暮らしの日が多かったが、食事に困った形跡がない。ほどほどに料理ができたからだろう。

いや、かなりの腕前だったかもしれない。元禄七年、芭蕉は伊賀上野で仲間を招いて月見の会を開いたが、その献立を自ら書いている。麩、こんにゃく、ごぼう、さといも、木くらげの煮物、焼きまつたけ、醬油と酢で味付けしたすりやまいも、豆腐、しめじ、みょうがの吸い物など、秋の食材がたっぷりのメニューだ。もちろん、酒も出たが、酒は前日に知人から送られた南蛮酒だったのではないか。ワインかウィスキーだ。

なんともおしゃれなお月見をしたのだが、この後、彼は大阪に出て亡くなった。月見の会は、結果として故郷との別れの宴になってしまった。
実は、この秋、伊賀上野でワインをかたむけながら芭蕉を語りたいと思っている。その語りの場は「ミンミの幸せキッチン」。伊賀上野の町の中、大仙寺の山門前にある小さなイタリアン料理店だ。というより、南イタリアの家庭料理を出してくれる知人の食堂。
芭蕉と南イタリアの家庭料理、なんだか突拍子もない取り合わせだが、これが意外に合う。いやいや、ほとんど無関係だから、だから逆にそこでは新しい物語や夢、あるいは俳句が生まれる可能性がある。
この行事、次第に拡大して、ゆくゆくは伊賀上野の芭蕉を語る食堂にしたい。ふと気づくと芭蕉や伊賀忍者も参加してイタリア料理をつついている、そんな感じのサロン。いいなあ。

墓地付属

大きな墓地のそばに住んでいる。

今はちょうど秋の彼岸なので、朝早くから線香の香が流れてくる。ときどきは読経の声もする。

ここに住むようになって約二十年だが、墓地のそばは意外に快適である。まず静か、ことに夜は静寂である。もっとも、わが屋の前に車の量の多い道路が通じたので、その道路は騒々しいが、それ以外は概して静かなのである。

墓地はきれいに管理されており、ところどころに休憩用のベンチが置かれている。天気のよい日はそこへ出かけて新聞を読んだりする。たまにはうとうととして、しばしこの世の憂さを忘れる。

とびきり暇な日には、墓石を見てまわる。いろんな石があり、戒名もさまざま。この墓地めぐりには、自分用の墓地も用意しておかなくちゃ、という気分も伴っている。たくさんの家族を並べた墓誌やちょっと変わった姓の墓石に出会うと、思わずそこにかがみこんでしまう。真剣になるのだ。

実は、私のベッドは墓地に入り、墓地から来た。ここに移ってきた当座、家具屋さんがトラックのまま墓地から電話してきた。「坪内さんの番地、この墓地と同じですよね」。確かに同じなのだ。家具屋さんはとても不安そうな声だった。坪内さんはどこかの墓石の中、と思ったのかもしれない。

家具だけでなく、訪ねてくる人もしばしば墓地へ迷い込んだ。要するに番地が同じなので、番地だけを頼りにわが家を探すと墓地に入ってしまうのだった。

最近、スマホが普及し、墓地にくっつくように存在するわが家のかいわいを簡単に検索できるようになった。それで墓地に迷い込む物や人が減ったが、要するにわが家は墓地付属みたいなものである。

常識をひっくり返す

　ポケットの中にはビスケットが一つ入っている。「ポケットを　たたくと　ビスケットは　ふたつ」。これはまど・みちおのよく知られた詩「ふしぎな　ポケット」の第一連。

　常識的にいえば、ポケットをたたいたとき、ビスケットは二つに折れただけ。ところが、この詩ではたたいて折れたとは見ないで、数が増えていくと見ている。たたくたびにビスケットは増えるのだ。

　常識をそれたこのような見方、それが詩だ、というのがまどさんの考えである。

　あるとき、まどさんはホッチキスを爪切りと間違えた。年を取ったことによる寂しい間違いだった。だけど、とまどさんは考える。

「奇想天外にぼけるもんだから、楽しんでおるんですね。ぼけたことをするのは、常識を超えた非常識。常識をひっくり返したりする詩と似ているんです。」

うわっ、まどさん、いいなあ、と思わず拍手をしたくなる。この発言、『どんな小さなものでも　みつめていると　宇宙につながっている』（新潮社）という本にある。この本は、百歳になったまどさんの言葉を集めたものだ。ぼけると、すなわちモーロクすると、奇想天外なことが起こる。ホッチキスで爪を切るというような非常識な行動をとったりするのだが、まどさんはそれを楽しんでいる。その非常識はまるで詩、だからとても楽しいのだ。

まどさん流に考えたら、モーロクすればするだけ人は詩人になる。もちろん、俳人にもなる。

まどさんは先の本で、人間は赤ん坊に生まれ、やがて年を取り、モーロクして死ぬが、そのモーロクは「お年寄りらしい最後の仕事」だと言っている。まどさんはわがモーロク日和の屈強の先輩である。

後の月のころ

高校生の時、私が演出して伊藤左千夫の小説「野菊の墓」を上演した。出演したのは同級生たち。

以来、この小説が大好きで、後の月のころには決まって読み直す。「後の月という時分が来ると、どうも思わずには居られない」とこの小説ははじまるのだ。

思い出すのは、いとこどうしの政夫と民子の恋。二人は数えの十五歳と十七歳の時、互いに好意を寄せ合った。「宇宙間にただ二人きり居るような心持に御互になった」のである。

だが、周囲の理解を得られず、別の男と結婚させられた民子は流産した後の肥立ちが悪くて他界する。その十年余りも前の恋を政夫が回想する、それがこの明治時代の恋愛小説だ。

名場面がある。後の月の日、二人は母に言いつけられて綿を摘みに行く。途中の道で野菊を採った政夫は、民さんは野菊のような人だと言う。次が二人のその時のやりとり。

「政夫さん……わたし野菊のようだってどうしてですか」

「さアどうしてということはないけど、民さんは何がなし野菊のような風だからさ」

「それで政夫さんは野菊が好きだって……」

「僕大好きさ」

いいなぁ、この率直な会話。この会話のあとに「民子はこれからはあなたが先になってと言いながら、自らは後になった」とある。民子が政夫の愛を受け入れたのだが、この行動は男尊女卑的、明治的、今では少し古いかも。

それはさておき、夏目漱石は作者宛の手紙で、「野菊の墓は名品です。自然で、淡白で、可哀想で、美しくて、野趣があって結構です。あんな小説なら何百編よんでもよろしい」と述べた。

ちなみに、今年は明日十三日が後の月だ。

富豪の漱石

夏目漱石が千円札の顔だったころ、講演などで以下の話を枕によく使った。

漱石の本名は金之助だが、金の字が名についている人には共通点がある。金さん、銀さんなどは六十日に一回めぐって来る庚申（こうしん）の日に生まれたのだ。この日に生まれた者は大泥棒になると言われ、石川五右衛門や鼠小僧次郎吉という有名な泥棒はいずれも庚申生まれということになっている。

漱石も庚申生まれ、泥棒になる運命だったが、泥棒にならないためのまじないがあった。それは名前に金、あるいは金偏の字をつけること。金太郎、金次郎などと命名するのだ。漱石の場合、まじないは実によく効き、泥棒にならなかったばかりか、逆に千円札の顔にまでなった。

右の話、とてもよく受けた。漱石は教員、新聞社社員として給料をもらい、本の印税も入った。だが、家族が多く、親戚などへの補助もしなければならず、金持ちという自覚はなかったように思われる。

先日、熊本市へ行った際、「熊本県一円富豪家一覧表」という冊子を見た。明治三十二年度の熊本県の富豪のリストだ。一級（二万五千円）から百四十四級（三百円）までの高額所得者を地域別に列挙しているのだが、漱石はほぼ中位の七十二級（千二百円）である。

漱石は明治二十九年に熊本の高等学校の教授として赴任した。今から百二十年前のことだが、その来熊百二十年を記念して、くまもと文学・歴史館では「熊本と漱石」という展覧会をしていた。富豪リストはその展覧会に出ていた。私は展覧会にちなむ講演をしたのだが、担当者に頼んでそのリストのコピーをもらった。なんとリストの発行所は九州名誉発表会。漱石はこのリストを見たのだろうか。

とんちんかん

まど・みちおは言う。

「とんちんかんなことをするのは、確かにさみしいマイナスなことです。でも、それを笑うことによってマイナスをプラスにできる。こじつけですけど、詩の喜びと似たところがありますよね。」

『どんな小さなものでもみつめていると　宇宙につながっている』（新潮社）という長い題名の本に出ている言葉だ。この本、百歳のまどさんの言葉を集めたもの、彼は二〇一六年に百四歳で他界した。

鍵を置き忘れて探し回ったら冷蔵庫から出てきた。自動販売機でお茶を買ったとき、釣銭だけ取って品物を忘れた。Ｔシャツの前後を逆にして着ていた。

右は私のした最近のとんちんかんなこと。もちろん、笑われた。ことに

Tシャツは、電車の中で逆だと指摘されたので、電車に乗っている多くの人に笑われた。でも、笑われて嫌ではなかった。電車の中でシャツを脱いで着替える珍しい体験をしたわけで、笑われながら、自分もまた笑っていた。

年を取ったらとんちんかんな行為が増える。一種のモーロク現象なのだが、それを笑うと、マイナスをプラスに転換できるというまどさんの発想はとてもすてきだ。他者が笑い、いっしょに自分も笑う。そうするとその場に愉快な気分が広がる。つまり、マイナスがプラスに変わるのだ。

マイナスからプラスへの転換を、まどさんは「詩の喜び」と似たところがある、と見る。たとえば彼の「するめ」という詩は、「とうとうやじるしに　なってきている」がその第一連で、三連は「うみはあちらですかと…」。これだけの短い詩だが、釣られ、干され、今は矢じるしのかたちになったするめのなんというおかしさ！　まさにマイナスがプラスに転じている。

漱石全集

「こんな重いものをどうするの？　漱石の全集は居間に並んでるでしょ。あれで十分でしょ」

妻がののしる。確かに最新の全集は居間に並んでいる。それにもかかわらず、私は昭和四十年十二月に刊行の始まった古い全集を買ったのだ。この全集の古書価は五千円。必要なのは数巻だが、安いのですべてを買った。

この本を配送してくれたのは女性で、受け取ったのは妻だった。「重いですよ」と言って配送人は妻に渡した。確かに重い。「吾輩は猫である」を収めた第一巻は約一二〇〇グラム、「坊つちゃん」や「草枕」の入った第二巻は特に重くて一七〇〇グラムに近い。妻が声を荒げるのも道理だ。なにしろ彼女はつい先日、腰を痛めて今は整骨院に通っているのである。

私は第二巻に入っている「カーライル博物館」を妻に示して言った。「ほら、これ、いいよ。博物館を案内する婆さんを、あんパンのごとく丸い、と形容している。妙じゃないか。ロンドンにあんパンがあるはずがないから、漱石は日本の婆さん、たとえば『坊つちゃん』に登場する清さんを連想したのじゃないかなあ。そう思わない？」。

紅茶碗をがちゃんと置いて妻が応じた。「だめ。そんなうまいことを言って……。数巻が必要だったら図書館で見たらいいでしょ。この全集、どこへ置くつもり？　誰が運ぶのよ」と怒りが収まらない。全集などは近所に借りている物置に運ぶのだが、それは今まで妻の仕事だった。

というわけで、悶着が続いている。ちなみに、十九世紀のイギリスの思想家・カーライルについて、懸崖の中途が陥落して草原に落ちたような容貌だと漱石は言う。カーライルに会いたくなる見事な表現だ。

重い本信仰

七八〇グラム。これは一九九四年に出た漱石全集第二巻の目方。この全集はもっとも新しいもの、私は新版全集と呼んでいる。

一九六六年、私の学生時代に出た漱石全集第二巻の目方は一六八〇グラム。二倍以上の重さだ。この重い全集は旧版と呼んでいるが、そのころ、全集類は大型で重かった。重くて大きい本がなんとなくよい本だった。一六八〇グラムの漱石の本はまさにその代表だった。

ところが、時代とともに本は軽くなる。ことに阪神淡路大震災以降、重い本は嫌われるようになった。本棚が倒れると重い本は凶器になるのだ。しかも、近年、インターネットが普及し、本離れが急速に進行した。電車などでも、スマホを見ている人ばかり、読書をしている人は今や珍種だ。

前回、必要があって旧版の漱石全集を買った、と話したが、旧版第二巻の「編集室より」によると、「吾輩は猫である」を収録した第一巻は、予期以上の申し込みがあり、発売当日に読者すべてには渡せなかったという。重い全集がすごく売れたのだった。

ついでだが、来月から『定本漱石全集』（岩波書店）の刊行が始まる。今年は漱石の没後百年、そして来年は生誕百五十年、そうした記念の年に合わせた刊行だが、全集は人気を取り戻せるだろうか。ちなみに、定本全集は新版に新資料などを加えたもの。私も俳句の巻の注解を担当する。

漱石の作品は、ほとんどが文庫本で出ている。また、インターネットの無料の図書館、青空文庫にもたくさんの作品がある。普段の私は、文庫文や青空文庫で漱石を読んでおり、全集を開くことはめったにない。にもかかわらず、身辺に全集を置きたいのは、これ、学生時代の重い本信仰にまだ囚われているのかも。

あんパン一個

例年、法隆寺で子規忌の法要と句会がある。その子規忌、今年は九月十七日に行われた。台風十八号が接近した日で、やきもきしたが、法要の時間を繰り上げたりして、台風の近づく前に終了した。なにしろ、今年は百二回目、いまだ中止になった例はないので、関係者一同、ほっとして帰途を急いだ。

大正五年に子規の「柿くへば鐘が鳴るなり法隆寺」の句碑が建った。それを機に法隆寺子規忌は始まった。主催は一貫して地元の俳句結社、斑鳩(いかるが)吟社である。

子規忌では、受付で参加料を払うと、あんパン一個がもらえる。受領証がわりだ。ほかに法隆寺参拝券、作品集、投句用紙なども。参加者は法要の後で句会をする。私は次のような句を楽しんだ。

「柿食うて鐘を聴きゐるジョン・レノン」（宮武孝幸）。あのジョン・レノンも子規の句を知っていたという句である。嘘か本当か、多分嘘だろうが、子規や俳句が世界的になった感じ。

「糸瓜（へちま）忌や句敵となりし孫娘」（三木ひろし）という句もあった。糸瓜忌は子規忌の別称だが、孫娘をライバルにして俳句を作る光景はほほえましい。

斑鳩吟社を率いるのは地元の俳人、西谷剛周さん。彼はこの日のために糸瓜を栽培し、その糸瓜を中心にして子規忌の祭壇をこしらえる。子規の写真のまわりを糸瓜、あんパン、梨などで飾る。梨は現在の斑鳩の名物である。

法隆寺子規忌は素朴な遊び心に富んでいる。その心に、私は庶民の文芸の意気を感じる。

「終活」禁止

平日の昼間、バスや電車に乗ると、乗客は全員が老人、ということが珍しくない。高齢化社会のそれは典型的な風景だろう。

七十三歳の私の仲間たちも当然ながら老人だが、彼らがよく口にするのは終活という言葉。終活を始めた、とか、そろそろ本気で終活をしなくちゃ、と話す。

そんな話を聞くと、私は、勝手にやれ、もうあなたとは付き合いたくない、という気分になる。腹が立つ。

どうして腹が立つのか。長年生きておりながら、流行語にやすやすと乗ってしまうことが気にいらない。

終活という語は二〇一〇年ごろに流行、盛んに使われるようになった。若者（学生）の就活をもじった語だが、このもじりも、若者のまねをして

いるみたいで気に入らない。
ちなみに、終活にあたる語としては死支度(しにじたく)が古くからある。私としては死支度を始めた、とか、そろそろ本気で死支度をしなくちゃ、と言いたい。死支度という語の率直さ、あるいはあからさまな感じが快い。この語には現実を見つめる老人のリアリズムがある。
以上のようなことをある所で話したら、ねんてんさん、営業妨害になりませんか、今では終活専門の会社や終活ノートが売り出されていて、終活は事業になっています、という人がいた。
その通りだが、事業をしたい人は勝手にすればよい。私は終活という語を使わないだけ。死支度会社、死支度ノートでは事業にならないだろう。そこに死支度という語の力がある。

居酒屋句会

居酒屋句会を勧めている。数人で飲んでいるとき、突然に提案する。

「今から句会をやろう。題は柿一つ。七分で一句だよ」。

こう言って紙を配る。私は不要になった裏の白い紙を裁断して短冊を作り、輪ゴムでくくっていつでもカバンに入れている。

柿一つ居間の机に一日中
柿一つテレビの前にどんといる
横顔のきれいな妻と柿一つ
父がいま来ているみたい柿一つ

右がその日の四人の作。これを読み上げ、好きな一句を各自が選ぶ。その際、自作は選ばないのがルール。父の句を二人、居間とテレビを一人が選んだ。

先ずは無点句から合評する。どこが良くどこが悪いかを自由に言い合うのだ。作者名は伏せておく。

妻と同様に柿も横顔がきれいということ？　柿の横顔は柿のどのあたりだろうか、などと議論が弾んだ。

二人の支持を得た父の句については以下のような意見が出た。亡父が柿好きだったことがよく分かる。大きい柿が家族の中心になっている感じがすてきだ。

こうして、居酒屋句会は盛り上がったが、句会を行なう上での要点が三つある。題を出す、作る時間を七分以内にする、作者名を伏せる。この三つを守ると句会はたいてい成功する。

ちなみに、私は後日、「横顔が好き柿だって君だって」と作った。無点句の作者が私だったのだ。

努力しよう

「柿くへば鐘が鳴るなり法隆寺」は正岡子規だが、私の俳句仲間のらふ亜沙弥（あざみ）さんは、「柿喰えばウエストあたりが性感帯」と詠んだ。

らふさんは高校生のころ、学校をさぼって東京・銀座のシャンソン喫茶「銀巴里」に入り浸り、丸山明宏などにしびれた。それから何十年かがたって、四年前、乳がんが見つかった。目下は夫や家族に支えられて自然療法を続けている。

団塊の世代のらふさんは、先頃、俳句とエッセーの本『世界一の妻』（創風社出版）を出した。すごい題名だが、妻を見事に生き抜き、世界一の妻だと夫や家族や俳句仲間に認められること、その願いが目下の彼女の生きる力になっているのだ。

もっとも、この世界一の妻は、いわゆる良妻ではない。むしろその逆だ。

彼女は身に着ける一切が紫色である。だから、俳句仲間は彼女を紫夫人と呼ぶ。とても行動的で、私たちの京都の句会などにふらっと現れ、数時間を過ごすとさっと横浜へ戻って行く。挙動が実に軽くてさわやか。

先日、東京で『世界一の妻』の出版を祝う会があった。出席者は男性限定。十人余りの会だったが、イタリア料理とワインと談論の夜がたちまちふけた。

「自らも疲れが出ぬよう、身体を冷やさぬよう、甘い菓子をこっそり食べぬよう、がんのために俳句や遊びを制限されぬよう、努力しよう」。これは『世界一の妻』にある彼女の努力目標。彼女、甘い菓子をこっそり食べているらしい。

歌子さんと

グレープフルーツ、紅茶、トースト、目玉焼き。紅茶はティーバッグ一袋で二杯飲む。トーストにはバター、ジャムをつける。

右は七十八歳の歌子さんの朝ご飯。歌子さんは田辺聖子さんの小説、姥ざかり、姥ときめき、姥うかれ、姥勝手の四冊からなる姥シリーズの主人公である。

一九八一年に始まった。私の愛読書である。歌子さんと付き合える男になろう、と私はひそかに思ってきた。

歌子さんは、世間的な常識を認めない。年寄りの朝ご飯は味噌汁に漬物、と思われがちだが、それはつまらない常識として一蹴する。

家族とは同居するのがよい、年寄りは法事を楽しみにする、などというのもつまらない常識。歌子さんはマンションで一人住まい、絵を習っているが、描くのは色彩のきれいなもの、わび、さびはきらいだ。

「一人ぐらしの哀れな老人、という世間の偏見に対抗するためにも、最新流行の洋服を身にまとい、きちんとしていなくてはいけない。真珠やダイヤの指環(ゆびわ)を無雑作に指にはめていなくては安っぽく見られてしまう」。これが歌子さんの姿勢。だから、お金はとても大事、確実な株を買ったりして老後資金をちゃんと確保している。歌子さんは家族にも友人にももたれない。自立した姥である。

歌子さんとワインを飲みたい。絵画や宇宙のこと、芝居や音楽、ちょっとした小物のことなどで、秋の夜はたちまちふけるだろう。ちなみに、愚痴や思い出が話題になることはない。

冬

女はランチ、男は昼飯

冬の朝

夏目漱石の「吾輩は猫である」を見ると、冬の猫は、朝は飯櫃（めしびつ）の上、夜はこたつの上、天気のよい昼は縁側を寝場所としている。この三つの場所の分かる人は、昔の冬の体験者だ。

今は炊飯器の時代になって飯櫃は姿を消した。わが家にはもうこたつもない。縁側もない。冬の朝が一変したのだ。

「吾輩は猫である」の猫は、一番寝心地のよい場所として子どもの寝床をあげている。五つと三つの子が一つ床で寝る、その間に入って猫は寝るのだが、今の子どもの多くは個室のベッドで寝ているのではないか。私は四人兄弟だが、両親といっしょに座敷にふとんを敷き詰めて寝ていた。ごちゃごちゃと寝ていた。猫もいて、たいてい妹が抱えていた。私の少年時代は漱石の描いた朝に近い。

思い出したが、台所から物音がし、みそ汁の匂いが漂ってくるころ、雨戸の節穴を通して朝日が入ってきた。その朝日の中でほこりが舞って光った。

ともあれ、かつての冬の朝は寒かった。起き出した私は、真っ先に台所のかまどの前に行ってしゃがんだ。かまどの焚口周辺が朝の一番あたたかな場所だった。もちろん、かまどは今やたいていの家から消えている。

早寝早起きの私の朝は四時前から始まる。冬のこの時間は寒くてわびしい。でも、暖房はボタン一つですぐ効くし、愛用しているタイガーの湯沸かし器はすぐ湯を沸かす。先日、次のような歌まで作った。「タイガーの電気ケトルの製品名わく子はちょっと利発な女子だ」。

利発なわく子に湯をもらい、煎茶をいれて、暖房の効いた部屋でパソコンのボタンを押す。私の朝が始まるのだが、少年時代の冬の朝と比べると、まさに隔世の感である。

美学者・迷亭

美学者・迷亭。いかめしい名前だが、この人は夏目漱石の小説「吾輩は猫である」に登場する。漱石の描いた人物のなかで私のもっとも好きな人物だ。

彼はほんとうか嘘か分からないような話を連発する。たとえば、自分が五、六歳のころ（明治の初めか）、郷里の静岡では子どもを天秤棒で担いで売りに来たよ、と話す。

前と後ろの籠にまるでかぼちゃのように子どもを入れ、女の子いらないか、女の子どうですか、と売り歩いた。迷亭の父が、安ければ買ってもいいがこれきりかい、と聞くと、子ども売りの男は、へえ、あいにく今日はよく売れて二つきりになってしまいました、と応じる。

迷亭は、いい加減なことを言い散らして、人を担ぐのを唯一の楽しみにしている。その迷亭、次のものを生まれる時にどこかへ落としたという。

・心配
・遠慮
・気兼ね
・苦労

実に羨ましい。この四つにふりまわされがちなのが多くの人の日常ではないだろうか。苦沙弥(くしゃみ)先生の家へやってきた迷亭は、案内もこわずに勝手に入り込み、風呂場で水をかぶって汗を流す。まさに、遠慮、気兼ねがない。こんなふるまいの出来る人だと、相手が気を悪くするのではないかと心配することなどはないだろう。また、まわりの人々との付き合いに苦労することもないだろう。

もっとも、迷亭が右のようにふるまえるのは、苦沙弥とその奥さん、寒月、東風などの仲間内でのことに違いない。つまり、彼はいい仲間を持っており、その仲間における潤滑油的存在が迷亭なのだ。

ともあれ、迷亭的老人になりたいものだ。

イモには牛乳

午後三時が近づくと鳴門産の金時イモをアルミホイルにくるみ、無水鍋に入れて弱火であたためる。小一時間もすると甘い匂いが家中に漂う。その匂いをしばらく楽しんだらわが家の焼きイモの出来上がりだ。

焼きイモは半分はそのまま食べ、残りの半分は皮をむいて茶碗か深めの皿の中でつぶす。スプーンで押しつぶし、それにあたためた牛乳をかけるのだ。私の特製おやつ「イモの牛乳かけ」の完成である。

このイモの牛乳かけ、子どものころはヤギの乳を使っていた。そのころ、一九五〇年前後のころだが、どこの家にもヤギがいて、ヤギの世話係は子どもたちだった。私たちはエサの草を刈り、散歩に連れ出し、そして乳をしぼった。やがて牛乳が出回るようになるとヤギはたちまち姿を消した。

ヤギの乳は、イモにかけた時が一番うまかった。その思い出があるものだから、焼きイモを食べるとき、牛乳をかけるようになった。もっとも、その食べ方、家族からは馬鹿にされていた。イモだけを食べるほうがうまい、イモをつぶして牛乳をかけるのはなんだか品がない、というのが家族の言い分であった。

ところが、である。かつては嫌っていた妻のヒヤマさんも、焼きイモが出来かかると、自ら牛乳をあたため深めの皿を用意するようになった。いつのまにかイモの牛乳かけを受け入れているのだ。私の食生活はほとんどがヒヤマ流になっているが、ほぼ唯一の例外がイモと牛乳なのだ。

イモだけを食べると、のどが詰まりそう。もちろん、それは加齢のせい。でも、牛乳をかけるとイモはさくさくとのどを通過する。栄養のバランスもよさそう。というわけで、われら夫婦はいつのまにかイモには牛乳が欠かせなくなった。

ヒマ道楽

知ってはいるけど、実際にはあまり使わないという言葉がある。暇（ヒマ）や道楽などがそれ。

もっとも、暇については、いつごろヒマ？　と知人に尋ねることが時々ある。いっしょに飲もう、と誘うときに使うのだ。

道楽はいまだかつて使ったことがない。夏目漱石に「道楽と職業」という評論があり、漱石は金を稼ぐ職業の対極に道楽がある、と言っている。職業は他人本位、道楽は自己本位だというのが漱石の考えで、「芸術家科学者哲学者は」「道楽本位に生活する人間」だと述べている。俳人も芸術家の端くれだから道楽本位でいいのだろうか。

そういえば、今年のノーベル賞を受賞した大隈良典さんが、基礎研究の大切さをしばしば口にし、基礎研究のための費用が削られることを憂えている。基礎研究は海のものとも山のものとも分からないところがあり、成果ははるかかなたにある。無駄なままで終わってしまうかもしれず、いわば道楽のような研究だ。でも、その道楽のような研究こそが大きな成果をもたらす、と良典さん。

さて、退職した私は、基本的に暇である。時間の多くを自分のために使うことができる。この暇をしゃぶりつくしたらどうだろうか。でも、ぜいたくかなあ。生活に苦労している人は多いし、社会には解決すべき問題も多々ある。のんきに暇を楽しんでいいのか。

いいのだ、と決断し、暇と道楽を思い切って結合、このたび、『ヒマ道楽』（岩波書店）を出版した。この連載の前身「モーロクのススメ」の後半部をまとめたもの。暇をヒマとカタカナで書いたのは、そこに肯定的気分を託したのだ。先日、届いたばかりの見本を通読したら、なんとてもいい気分になった。ふふふっ。

数え日のころ

十二月も下旬になると急に忙しくなった。大掃除をしなくてはいけないし、正月用の買い物もあった。私の若い日、半世紀前の話だ。

大掃除では畳を表に出して干したし、障子ももちろん貼り替えた。あちこちの煤払いもした。これらの大仕事が今では影をひそめた。買い物も食品から晴れ着まで、大量に買ったものだ。なにしろ三が日はすべての商店が休みになった。私なども買い出しを手伝い、市場と家を何度も往復した。

そんな忙しい昼間が去ると、こたつに入った子どもたちが、もういくつ寝るとお正月……と歌った。指を折って数える正月までの残り少ない日々を季語では「数え日」と呼ぶが、今ではこの季語も影が薄い。

なにしろ、凧（たこ）やコマまわし、羽根つきなどは珍しいものになっているし、門松や注連（しめ）飾りも以前のようには人気がない。今年の元旦に私の住宅地の

門松事情を調べたが、門松を立てた家は皆無、注連飾りも三分の一くらいの家にしかなかった。正月風景は激変した、と言ってよいだろう。

ちなみに、私の近所ではクリスマスの飾りが盛んだ。華やかな飾りは今やクリスマスのもの、正月はひっそりと、あるいはゆったりと過ごすという感じに変化したのだろうか。

実は、お正月にもサンタクロースのような神が来たのである。正月さまとか歳徳神（としとくじん）という神様だ。民俗学の柳田国男などの説に従うと、この正月の神は先祖のイメージらしい。白いひげのおじいさんだ。少年時代、年末には門松を取りに行ったが、あれは松の枝にその正月さまを乗せて迎える行事だった。その神を家に迎えると、神がいらっしゃるというしるしに注連を飾った。もちろん、正月の神は私たちにお年玉をくださったのである。

温泉俳人なんて

毎日のように湯に入るのは、男にせよ女にせよ怠け者に決まっている。ことに「朝湯にでかけるなどといふのは堕落の極である」。このように述べているのは正岡子規だ（「墨汁一滴」）。

彼はよほど風呂がきらいだったらしく、銭湯などは廃止して、冷水摩擦をしたらよいと主張する。熱い湯に酔うて熟柿のようになり、ああ、善い気持ち、と言っている間に、「日本銀行の金貨はどんどんと皆外国へ出てしまう」と子規は説く。

もっとも、右の主張をした子規は、もう五年も湯に入っていないのだった。彼はカリエスが悪化、寝たきりの重病人になっていた。湯に入りたい願望の裏返しが、極端なこの湯嫌いの主張になったのではないか。

そういえば、子規の無二の親友だった夏目漱石は大の温泉好きだった。「坊っちゃん」や「草枕」、そして未完で終わった「明暗」などは、温泉が小説の大事な場所になっている。浦西和彦さんが編集した『温泉文学事典』（和泉書院）を開くと、温泉を舞台にした漱石の作品が解説されているし、荒正人のエッセー「温泉好きだった夏目漱石」にも取りあげられている。

実は、『温泉文学事典』の帯に私は推薦文を寄せた。「温泉俳人な～んて呼ばれたいなあ」と。近年まで私は子規派、風呂や温泉が嫌いだった。風呂に入ってもカラスの行水だった。ゆったりと湯に親しむことを知らなかった。ところが、今や転じたのである。温泉派、漱石派になった。

この転身は退職後の一大変化だが、暇を楽しむヒマ道楽の一例が朝湯や温泉めぐりかも。ちなみに、先の事典は六千円をこすが、温泉にかかわる文学作品を網羅しており、全国の温泉も県別に示されている。めくるだけで温泉気分になる。机辺の一冊にどうぞ。

うとうとの一年

正月早々というか、松の内の間は、いろんなことに「初」や「始め」がつく。初もうで、初夢、初旅、書初め、仕事始めなど。新年になって行われる行事や行動、新年の風景などを初〜、〜始めと言うのだが、すべて初めてのものはめでたい。初空、初日、初景色、初富士、初比叡というように自然や風景もとてもめでたい。

初めての物や事はすべてめでたい。それが私たちの正月、だから、明けましておめでとうございます、と年始の挨拶をするのだろう。もちろん、幸福をもたらす歳徳神（正月の神）の訪れが実はめでたいのだ。その神はあらゆる物や事を祝福してくれる。「初」や「始め」はその祝福を示す言葉なのだろう。

初パソコン、初メール、初窓、コピー始め、読み初め、初モカ、初あんパン、初コメダ……。これは私の初と始めの一例。初窓は今年初めて窓の外を見たこと、初モカは今年最初のモカコーヒー、初コメダは近くのカフェへ行ったこと。

ところで、先に歳徳神に触れたが、今はその神の訪れという意識はあまりなく、むしろ、初めよければすべてよし、という感覚が「初」や「始め」の実際ではないだろうか。

年が改まることに重ねて、気分も一心したのだ。そして、そしてその年頭の気分が一年中続くことを願う。それが私たちの「初」や「始め」であろう。

今日は四日、私は初句会の日である。初句会でよい句が出来たら、今年は俳人として好調な年になるのだが、さて、どうなるか。

「お正月清く正しくうとうとと」は私の初俳句。清く正しくときたら、美しくとあるべきだろうが、うとうとする快楽をこそ求めたい。ともあれ、うとうとの一年であるといいなあ。

寒の力

今は寒のさなか、寒中である。二十日は大寒だ。

寒は二月三日の節分まで続く。季語には寒の字のつくものが多い。寒鴉、寒稽古、寒月、寒声、寒雀、寒卵、寒紅、寒牡丹、寒中見舞、寒餅。十個を挙げてみたが、これらの意味、さて、分かるだろうか。

寒鴉、寒雀は寒中のカラス、スズメ。寒中のカラスは人家に近づくのでよく目立ち、しかも風格があるというか、寂寥感のようなものを感じさせる。一方、スズメは丸々とふくれてかわいい。彼らは寒中の人々を慰めてきた。もっとも、エサを旺盛に漁るカラスは都市などでは問題化しており、かつての寒鴉の風情をやや欠くようになったかも。

寒、すなわち厳しい寒さの力にあやかろうとして、右のような寒のつく言葉ができた。寒中に練習をしたら技量が高まるというのが寒稽古であり、特に歌手とか落語家のような声を使う人のそれは寒声と呼んだ。大きな声をだして声を鍛えたのだ。

寒卵、寒紅、寒餅なども寒を特別視した言葉だ。寒卵は特に滋養が高いとみなされた。寒紅は寒中の紅だが、それはことさらにきれいなものだった。寒餅は寒中についた餅だが、腐らないと言われ、昔は家々で大量について水餅にした。ちなみに、寒中の水はことに力が強いと言い、餅つき、

酒造り、紙漉きなどで利用した。今は水道水が高品質化、またミネラルウォーターも豊富に売られており、寒の水の力は昔ほどには信じられていない。

寒さを通して自然を感じる、あるいは自然と共に生きていることを実感する、それが寒という時期であった。その感覚、失いたくない。藁の覆いの中で火のように咲く寒牡丹、そして青白いまでに冴える寒月。それらは今なお魅力的だ。

ゆるみ派とせっかち派

先日、スコセッシ監督の話題作「沈黙ーサイレンス」を見たが、終わると同時にたくさんの人が立ち、ざわついた。蝉の声や水の流れなどの自然の音がエンディングテーマとして流れていたのだが。

エンドロールを無視して立つ人はいつでも多い。たいていは老人、あるいは中年以上の人である。

日本人というか日本語の文化として、余情、余韻、余白を楽しむことが特色だとよく言われる。それなのに、どうしてエンドロールの寸前に立ってしまう人が多いのだろう。

あの人たちには、身体に日本の文化が浸透していないのか。あるいは、映画という元は外来の文化のせいなのだろうか。トランプ大統領の映像をテレビで見ていると、彼などは、エンドロールは邪魔だ、無駄だ、と叫びそうである。

以上のような話をヒヤマさんにしたら、「老人現象だと思うよ。せっかちになってるのよ」と即断した。彼女によると、老化現象としてせっかち派とゆるみ派があるらしい。「ゆるみ派はあなたなどがその典型かもよ。モーロクとかヒマをおのずと体現している老人ね。その反対がせっかち派で、エンドロールをゆったりと見る余裕をなくしているのよ、多分」。

うん、分からないではない。まだ暗い映画館で立ち上がり、足元がおぼつかないのに出口へ向かう老人たちはせっかち派なのだ。ちょっと涙をにじませてエンドロールの余韻に浸っている私はかなりなゆるみ派なのだろう。

では、どっちがいいのだろうか。両派のほんとうの出口はあの世への出口だ。とすると、ゆるみ派のほうがいいような気がする。あっ、早くあの世に出るのはこの世のためになる？

ランチと昼飯

女はランチ、男は昼飯の時代になっている。ちなみに、子どもたちは給食だ。

退職してから、ときどき、近所の店の昼ご飯を食べるようになった。たいていヒヤマさんといっしょだが、うまい店は若い女たちでいっぱいである。

イタリア、中華、サラダ、温野菜、ハンバーグ、和食…。どの店もランチがほぼ千円台、デザートもついている。店はこぎれいでゆったり。女性たちの笑い声が弾んでいる。

では、男たちはどこで食べているのか。駅近くの居酒屋とかトンカツ、ラーメン、カレーなどの店だろう。値段は千円以内、うつむいてせわしなくかきこんでいるのではないか。かつての私の昼飯がそうだった。

安く手早く腹を満たす。それが昼飯。ランチはそれとは違う。ほんの少しぜいたく感があって、談笑しながら仲間や知人とゆったりと楽しむものだ。

そのようなランチの店で、私たちのような老年の男女はちょっと違和感がある。そのせいか、ヒヤマさんはこぎれいにして出かけることを要求する。若い女たちに負けない身なりをし、姿勢も正してランチにゆくのだ。

私にはうつむいて歩く癖があるが、「前を見て！ 目線をあげて歩きなさい」とヒヤマさんは叱咤する。

私はやや照れるが、ヒヤマさんの考えに同調している。だから、目をあげてランチの店に向かう。ランチを、男も、そして老人たちも楽しむべき、と思っているのだ。

ごく自然に

「カスミソウでも添えますか」と店員が言った。「いや、バラだけ」と私。「わっ！　かっこういい」と店員がにっこりした。私はにっと照れ笑いを返した。

「うん、かっこう、いいでしょ。ちょっと照れくさいけど。あのね、妻の七三歳の誕生祝いです。初めてバラを贈るのですよ」。というように応じたら、花屋の店員との間で話に花が咲いただろう。私は照れ笑いをしただけなので、店員がラップしてくれる間、手持無沙汰のまま立っていた。

デパートの花屋を出た私は、バラを提げてエレベーターに乗った。私のすぐ後に乗った女性が、「きれい！　すてきな花ですね」と言った。振り返って私は、やはり照れてにっと笑った。

その際も、「これ、妻にプレゼントするのです。初めてのバラのプレゼントなのでちょっと気恥しいのですよ」とでも応じたら、エレベーターを降りたところで話が弾んだかもしれない。

私は話下手である。というか、気軽な雑談がうまくできない。相手の気心がわかると、雑談ができるのだが、初対面の人などと気軽に話すことがまずできない。

ちなみに、ヒヤマさんは、小学四年生ごろから、その話下手が続いている。知らない人にひょいと声をかける。子どもでも誰でも、電車の中やデパートで、いつもひょいひょいと声をかけている。

ヒヤマさんを真似たい。そんな思いをこめて、やはり照れながら贈ったのである。深紅のバラ十本を。

あとがき

この『モーロク日和』は産経新聞大阪版に二〇一六年八月から二〇一七年十二月にかけて連載したもの。新聞社の担当者は岸本佳子さんだった。このモーロクシリーズは岩波書店から『モーロクのすすめ　10の指南』『ヒマ道楽』の2冊の本になっており、この『モーロク日和』はその続きにあたる。

実は、産経新聞の連載は今なお営々と続いていて、この『モーロク日和』の後のコロナの時期には「モーロク満開」という連載名であった。コロナ後の今は「モーロクらんらん」である。いずれそれらも本にしたいが、今回は創風社出版にお願いしてごらんのような軽装の本にしてもらった。

軽装にしたのはほかでもない。厚い本、重い本などにてこずっているからである。それに、終活と称して本を処分している知り合いも多い。彼らに手にしてもらうには、できるだけ軽く薄くすべきだろう。というように考えて、この本を編んだ。文中の期日などは連載時のままにしている。ボクは当時、七十二歳~七十三歳であった。

この本のレイアウトなどの一切は創風社出版の大早友章、大早直美の夫妻がやってくれた。この二人にまかせておくとたいていのことがほぼボクの希望通りになる。

坪内稔典

二〇二五年一月五日

坪内稔典（つぼうち　ねんてん）
1944年愛媛県佐田岬半島生まれ。俳人。京都教育大学・佛教大学名誉教授。公益財団法人柿衞文庫理事長。晩節の言葉を磨く場を標榜する俳句結社「窓の会」の常連。著書に句集『リスボンの窓』（ふらんす堂）、評論集に『老いの俳句』（ウエップ）、『高浜虚子』（ミネルヴァ書房）など多数。

モーロク日和

2025年1月25日発行　定価＊本体1300円＋税
著　者　　坪内　稔典
発行者　　大早　友章
発行所　　創風社出版
〒791-8068 愛媛県松山市みどりヶ丘９－８
TEL.089-953-3153 FAX.089-953-3103
振替 01630-7-14660 http://www.soufusha.jp/
印刷　㈱松栄印刷所

 ISBN 978-4-86037-348-1